前言

我从二十二岁开始从事遗物整理兼特殊清扫的工作，至今已满五年。

我清楚地记得第一次踏入孤独死的现场时，那种不可思议的感觉。那间突然失去主人的屋子，宛如时间静止了般，曾经的生活、人生，完全停止在那里。

孤独死，在现今的日本，正持续增加中。

日本的孤独死

所谓孤独死，就是在无人看顾的状态下死于家中，并且从死亡到被人发现已经过了数日。据说，在日本，每年约有三万人孤独死。这十年来，孤独死成为电视或杂志经常取材报道的社会问题，也是每个人耳熟能详的词。不过，我以为孤独死并不是糟糕的事。毕竟谁都无法阻止死亡，况且多数人也期望在待惯了的家中往生（此时说成“死于家中”或“自然死”，或许更为贴切），而不是在医院或养老中心等处。所以孤独死本身并无不是，问题在于死亡距离被发现的时间长短。

我所接受的委托，一年下来大概有三百七十件以上，其中六成是遗物整理，近四成是孤独死的特殊清扫。尤其在夏季，死者往往因异样的恶臭传开才被发现，因此，涉及孤独死的委托工作也就随之增多。

就我个人目前经手的孤独死现场来看，从死亡到被发现，时间最长的是两年。换言之，两年期间，无人察觉，只有死者独自等着被发现。有些极端事例，纵使是两代同住一个屋檐下，死者被发现时仍已是一周以后。这或许听来匪夷所思，现实却真的如此。由此不难理解，当事人与家人、朋友或邻居已经没有交流对话了。因为，孤独死就是与周遭的沟通不足所引发。

然而为什么只有在日本，孤独死才多到足以形成社会问题的程度呢？由于国外很少有所谓的孤独死，因此在对日本的状况感到震惊之余，国外媒体也屡屡报道。在日本，随着核心家庭化，高龄者为了不成为子女的负担，往往独自住在自己已习惯了的旧家，而看护设施所费不赀或设施不足等，也存在着在实际生活中难以利用等问题。尽管如此，最重要的是，大多数人从未意识到自己可能成为事件的当事者。许多委托人都提过，他们万万没想到，自己的亲友竟会孤独死。

我制作模型屋的理由

我制作孤独死的模型屋开始于二〇一六年。当时是为了一年一次在东京国际展举办的丧葬业展示会“国际殡葬产业博览会”而做的。

过去的展示，大多是搭配工作现场的照片，向参观者说明我们的工作，以及孤独死的议题。然而选择照片时，我们仍得考虑到不过分暴露现实的部分，因为如果使用真实的孤独死现场照片，不仅会给参观者带来强烈冲击，还有可能侵犯了死者的隐私，又或者勾起了家属悲伤的记忆。

然而在另一方面，我也担心媒体的报道并未触及现实情况。日本媒体在报道孤独死现场时总会以马赛克的形式遮蔽掉最核心的部分。如此一来，丝毫无法引发人们思考自身也可能陷入孤独死的危机感。其实，任何人都可能孤独死，即使年龄尚轻的人也不例外。我二十二岁时曾清理过一个现场，死者是个年轻男子，也同样也是二十二岁。他被发现时，已是死后的三个月。

希望大家了解到真实现状，却又无法如实相告。到底该如何是好呢？

于是，我想到了“模型屋”。尽管我从来没有做过模型屋，但既然是模型，就不至于过分写实，也让人更愿意耐心观看，不是吗？况且，还能综合现场的特征在一个模型上。对于我的提议，社长仅仅是一笑置之，但我那种“凡事先做了再说”的个性，不仅当场宣告将在博览会展示，还自掏腰包买了道具与材料，利用工作之余的时间，开始反复试验制作。社长见状，虽然对我半是嘲弄，却还是默默守护着我。

最后，我总算完成了第一个模型屋，称不上精巧，但在国际殡葬产业博览会上展示时大受好评，吸引了众人的目光。第二年，我又尝试制作展示更逼真的模型屋，参观者纷纷在推特或其他社交网络平台上分享，于是引来了电视或杂志等媒体的关注。

截至目前，我制作的模型屋共有九件，本书介绍了其中八件。每件作品都浓缩并再现了我每天在孤独死现场所目睹的房间的特征。因此，它们并不是某个特定的现场，哪怕是书中介绍与提及的事例，为了避免让人联想到某个特定的人，我也对部分细节做了改动。此外，基于这些是孤独死现场的模型屋，本书的部分篇幅包含了再现血液或体液的模型屋照片，特提醒未成年人或敏感人士，在阅读时可适当回避。

本书的目的，并不是为讨论防范孤独死而提出具体方案，而是希望让每个人都能够理解孤独死的现实状况，进而思考这可能发生在任何人身上。同时，阅读本书的你，如果此时心头浮现出了那个人——独居的父母亲、变得疏远的亲戚友人、邻居家的老人——请务必向他们打声招呼，或找机会拜访他们。若是等到他们走了，一切就都太迟了。

经常有人问我，会继续制作这样的模型屋吗？我想，如果我要传达的事情已经不复存在，或是纵使不制作模型屋，这世间的每个人也都可以接纳孤独死或自己必将死亡的事实，我应该就不会再做了。

不过，现在，我仍会制作下去。

我会持续制作下去，直到每个人都能认识到那并非他人之事，而是真实的现实为止。

第一章

音讯全无的父亲

因为不想成为第一个发现者，被卷入棘手麻烦的盘查，即使察觉有异，还是选择不通报的人越来越多。

本次善后工作的对象是单身，独居在老家，双亲已去世，无业。房间里散落着大量因赌马等没中奖的彩票或报纸。还有，喝个精光的一升装酒瓶、许多杯装酒的容器、堆积如山的便利商店便当空盒……

他是五六十岁的男性。

被发现时，已是死后的三到六个月。

发现他的人是察觉害虫暴增与臭味等异常情况的公寓房东、水表检查员、送报员。这也是我经手的孤独死现场中最常见的情况。

大多是屋主自己切断了与社会的联结。外出倒垃圾时不愿意与邻居打招呼，即使在家也装作不在家的模样。三餐都不下厨做饭，全依赖外卖或便当，购物也都是通过网络，尽一切

可能避免外出。因此，即使多日不见他的行踪，旁人也不觉得有异。

我借着模型屋重现的，是那样生活的中老年男性的房间。他们共同的特征，就是以床铺为主要生活范围，或许是因为患上某种疾病，临终时，多半躺卧在床上。至于生活用品，皆放置在躺卧在床上时伸手可及的地方，诸如吃剩的便当盒、能看出生前有大量饮酒习惯的酒瓶。不难想象，这样的生活习惯非常容易引发中风或心肌梗死。由于床铺周围散乱地遍布着许多垃圾，因而仅剩坐卧的空间是净空的状态。

这仿佛也成了那个人曾经活着的证明。

春寒料峭的三月，某一天，我们接到了电话。

“我父亲死在公寓里，想麻烦你们过来清理……”

由于对方希望我们立刻过去，我赶紧开车前往现场。一位

四十岁左右的女性站在公寓门口。

“我小时候，父母亲就离婚了，我根本不记得父亲的模样，已经近三十年没有音讯了。所以警察联络我时，我简直大吃一惊。听说被发现时都已经死了四个月了。我跟父亲之间毫无可留恋的回忆，除了贵重物品之外，其他东西都丢掉吧。我想待在外面，可以请您进去看看吗？”

进屋前，我先合掌膜拜，然后手持祭拜的鲜花进入屋内。

屋内是六张榻榻米大的和室，以及约四张榻榻米大的厨房，算不上干净，处处散落着传单、吃剩的便当、空的面包袋、空的罐头盒子、揉成一团的卫生纸、塑料袋或药物等，内衣还晾在一旁，仿佛屋主还活着那般。往屋内径直走进去，可以看到变成褐色、沾有人形污渍的床铺。看来逝者是在床铺上往生的。床铺的周围堆着大量吃剩的食物、杂志、药物或针筒。枕头上还有吐血的痕迹。也许屋主患有糖尿病吧。

遗物整理师

再现八个时间停止的房间

[日] 小岛美羽 著
陈柏瑶 译

北京联合出版公司
Beijing United Publishing Co., Ltd.

本书收录的照片，除了第 132 页的作者照外，

其余皆是作者制作的模型屋。

因为已经死亡一段时间，所以遗体渗出了体液。由于是在床铺上过世的，棉被吸收了那些体液之后变得沉重，并转为褐色。由于发现得太迟，体液已渗进了地板，这种木造的公寓，再过半年时间，如果还没发现的话，往往会进一步渗漏到楼下。

此时，就衍生了特殊清扫的必要。我们的工作就是彻底除去尸臭或体液，有时甚至必须撤除地板或榻榻米。若是体液渗透到榻榻米下的夹板，也必须拆除那个部分。没有铺设榻榻米的房间也是同样的程序，不仅要清理地板，还要检查地板下的状况。如果疏忽了这个环节，之后无论如何清理，异味都不可能消除。没有特殊清扫经验与技术的从业者，通常仅会清洁表面，而无法深入处理地板以下的部分，导致清理后仍有异味残留，最后还是必须仰赖专业的从业者来解决这个问题。

我和委托人商讨完作业的程序后，选了一个日期，以一天

的时间完成了特殊清扫的工作。等到原本屋内散发出的孤独死特有的臭味消失，委托人才愿意踏进屋子。她看着遗物中的履历表照片，照片里的死者露出看似惨淡的微笑。

“坦白说，我根本不记得他的样子，对我来说，他就像陌生人，但是也的确因为有这个人，才会生下我。终究还是得由有血缘关系的我，来为他送终。不知道父亲死前的那一刻，到底在想着什么呢?”

类似这种情况的委托人，由于长期与死者疏远，几乎都选择放弃继承。其中也有一些死者家属难掩愤慨，忍不住对我们大发雷霆、不断抱怨:“为什么我必须负担清理费用?”“活着的时候给家人带来麻烦，死了还不放过我们吗?”“请把所有东西，包括照片都丢掉!”

不过，眼前的这个女人却决定负起责任，送走她根本不记得长相、独自往生的父亲。过去究竟发生了什么事，并非我所能知晓的，恐怕只有亲人才心知肚明。尽管如此，我还是忍不住去想，如果死者生前能见到这个坚强且直爽的女儿，或许能稍稍逆转结局吧。

我去世的父亲也嗜酒。我们姊妹俩从小就看着爱喝酒的父亲在家里引爆诸多问题。父亲一喝酒就不想工作，于是反复地去上班又离职，最后只得靠母亲工作赚钱，导致家计始终吃紧。

当时父亲最常喝的就是杯装烧酒，因此，每当我看到中老年男性的孤独死现场，就会回忆起那些往事。蓝色瓶盖是酒精浓度较低的，红色瓶盖是酒精浓度较高的。的确，现场经常发现那样的空杯。

父亲一喝酒，脾气就变坏。不过，他不喝酒的时候是个好爸爸。我记得幼儿园时，在送货公司工作的父亲经常让我坐上他的货车，或开着货车带家人到河边游玩。

委托人的父亲，或许也怀着那些与家人相处的回忆吧。

然而我去过的现场，早已没有死者了。

因为，我做的就是这样的工作。

留下来的，只有从死者家属或房东处听来的故事，以及被留存在那里的“屋子”与“物品”而已。

不过，它们依然滔滔不绝地诉说着死者的人生故事。

这些也与我父亲的人生交错重叠。我父亲死时，五十四岁。

第二章

每个垃圾屋各有其苦衷

“我很爱干净，绝对不会变成这样。”

在国际殡葬产业博览会上展示垃圾屋模型屋时，一位四十多岁的女性发出感慨。

四十多岁女性孤独死在垃圾屋，这样的现场，是这个模型屋的原型。委托给我们清理的垃圾屋，既有屋主已亡故的，也有屋主亲自要求清理的。说是垃圾屋，其实垃圾量各式各样，有的堆积到脚踝高度，有的堆积到天花板的程度，分量甚至达到八吨。无论何者，都是一个人难以清理的状态。我在制作模型屋时，为了让人比较容易辨识查看垃圾，其实已经做了实际分量的缩减。

有些垃圾屋是耗费了几十年时间形成的，也有些仅仅两三年就达到了会把房间淹没的程度。尤其是女性，在问题还没发生时，她们多半勤于整理房间，往往是基于某些切身的事态，最后才引发堆积垃圾的习惯。

2 SLICE
TOASTER
週刊新潮

与外界联系的最新设备，与仿佛切断外界联结、不断堆积的垃圾的对比。

首先是出于职业上的因素，特别是从事服务业或其他繁重忙碌的工作。就我受理的事项中，具体来说，又以律师、声色场所工作者、护理师、演艺人员这些职业居多。由于这些职业的工作者在工作时必须费尽心神面对顾客、患者或工作伙伴，回到家时已精疲力竭，只能放任家事或自己的事不顾。

“今天太累了，明天再清理吧。”“等到放假时再说吧。”诸如此类的拖延，累积的结果，终于到了覆水难收的地步。这类委托人多半是女性，而且打扮得光鲜亮丽，根本难以想象她们住在垃圾屋里。因此，每回我总惊讶于那表里间的落差。不过，也许是因为她们必须应付外界种种状况，疲于奔命地生活，回到唯一得以放松的家里，反而毫无力气了。

从事护理师等职业的夜班工作者中，许多人因为无法早起丢垃圾，最后导致垃圾堆积。也有人难以配合居住地区所规定的丢垃圾时间，结果遭到邻居的警告等，渐渐也不敢外出丢垃圾。

另外，还有被跟踪狂锁定的受害者，那些受害女性也不敢外出丢垃圾。事实上，我曾处理过某位女艺人的委托事件，当时情况非常可怕。对方就住在正对面对其进行跟踪监视，只要受害者外出，对方必然尾随；即使搬家，对方也会随后就搬进同一大楼。受害者既不敢在阳台晾晒衣服，也担心对方会去翻捡她丢掉的垃圾，最后甚至连外出都感到害怕。

考虑到委托人的实际情况，我们最后决定将屋内的垃圾全部装进纸箱，假装要搬家的样子，运送到屋外。但是，我们开始清理时，那名男性跟踪狂却突然出现，不断骚扰我们，问我们："你们要把箱子带去哪里呀?！准备去哪里?！"最后，不得不请警方介入，事情才告一段落。由此也不难想象，这名男子

装有尿液的塑料瓶甚至多达百瓶以上。

长久以来给委托人造成多少恐惧。

直到近五百箱的纸箱全部搬运完毕，委托人仿佛也放下了心，原本僵硬的神情才逐渐柔和下来。

撇开演艺圈公众人物的头衔，委托人其实与一般的女性一样，不管是谁，要主动拜托专业人士前来清理垃圾，都需要极大的勇气。在拨出那通委托的电话前，委托人是十分煎熬犹豫的，他们深深地徘徊在害怕被外人知晓的纠结中。

除此之外，有人是因为失智症或发展障碍导致无法清理或整理，也有人是收藏癖。另外，还有一些还不知如何整理房间便开始独自生活的二十来岁的年轻人。

尽管演变成垃圾屋的理由各式各样，不过在清理时，我察觉到一个不可思议的共同点，即屋主为了让垃圾避开自己最常待的地方（例如床铺周围），通常会从窗户边或墙边开始堆高，再渐渐往屋子中央扩散。

一旦垃圾累积到膝盖左右的高度，接下来就蔓延至浴室、厕所或阁楼等处。通常，堆积到腰部这个高度时，厕所就会完全被垃圾占据，无法使用了。因此，屋内会散落着装有排泄物的塑料瓶或塑料袋。

从外观看是寻常人家，但打开门后却是另一个世界。究竟囤积了多少年的人生在屋子里呢?

最后，我想介绍的是我最常遇到的垃圾屋事例。这类情形，通常是由于屋主生命中最重要的人突然去世，或与心爱的人分开，那种失落感引发了屋主的忧郁而导致的。家人意外死亡、最心爱的宠物走失、离婚、丢了工作……诸如此类，一系列突如其来的事件所引发的失去，总会让人在一定程度上丧失动力。于是原本的生活骤然停滞不前，失去了“活着”的力量。

如果那时候，有谁陪伴在身边，或许也不至于演变成垃圾屋了。

“我绝对不会变成这样的。”

读到这里，还有人能如此断言吗？

房东们的苦恼

八月酷暑的傍晚。

我们接到某位房东急切不安的电话：“有人死在了我的公寓大楼里，而且已经有段时间了。我从来没遇过这种状况，不知道该怎么办……可以拜托你们过来清理吗？”

隔天，我们到了委托的公寓，六十岁左右的男房东正在管理室等我们。听说是一周前，公寓的住户们向房东抱怨“有奇怪的臭味”“有大量的苍蝇飞进屋子里”，这才发现了孤独死的现场。人好像已经死了三个月了，与警方一同进入房间、目睹了遗体的房东，似乎还有着轻微的心理创伤。

“出于各种原因，我变得难以入睡。”或许也有对于未来的不安吧。

我跟房东一起前往现场，果然，从走廊就传来特殊的气味。苍蝇从大门的信箱隙缝中飞进飞出。我穿上防护衣，戴上防毒面具、护目镜，手持杀虫剂，进入了房间。为了避免惊动苍蝇，必须谨慎前行，毕竟苍蝇可能传染疾病。而且为了附近居民着想，也不能开窗。

走到最里面的卧房，我发现死者应该是在床铺上往生的，上面沾有体液、剥落的皮肤或头皮等，还有蠕动的蛆。翻开床铺，体液已渗透到下面，甚至扩及榻榻米。我拍摄了房间内部的状况后，便请始终待在外面不愿入内的房东确认。

“这个人的亲人放弃了继承权，所以找不到人可以处理屋里的物品。总之，就是作为房东，我必须承担处理或清理的全额费用……”房东丧气地说。

一旦出租公寓大楼发生孤独死事件，通常就会造成其他租户退租搬离，于是空房变多，房东的收入急剧减少。因此，有些房东或中介公司会严防孤独死的消息泄露出去。这次经手的现场，即使重新装潢，也不知何时才能找到新的房客，也许还可能因此被视为凶宅。所谓“凶宅”，一般而言，是指有人因为自杀、杀人、事故等原因死在屋里，不过由于并没有明确的定义，即使是孤独死，也有一些房东会刻意不主动告知，仍把房子租出去。但是，万一新房客发现这件事，最后恐怕会引起纠纷，所以大多数的房东仍会选择事先告知。

如今，也有针对房东投保的孤独死保险，一旦发生孤独死，便由保险公司负担清洁费、装修费、房租等，对房东或中介来说，是个不错的选择。

另一方面，也有些房东会怪罪死者家属，提出不合理的要求或索赔高额的装修费。

“为什么要死在我的公寓？”死者家属面对房东的暴怒，往往不知道该如何是好，而且对造成众人困扰深感愧疚，在这种情况下，他们通常会默默接受房东的各种要求。但是也有例外，有的死者家属即便有心让屋子复原，但在高额费用的压力下，最后不得不放弃继承权。

结果是死者家属和房东，两败俱伤。为了让死者家属与房东都能睡个安稳觉，我的责任是尽我所能地代替死者，把屋子清理干净。

第三章

家中的密室

厕所里的孤独死

来到冬季，厕所、浴室或走廊都是容易引发休克、造成孤独死的场所。

由于从暖和的地方突然移动到寒冷的地方，极端的温差容易造成血压变化，进而导致休克。比如，去到厕所时血压上升，排便后急速下降，此时便极易引发休克。

年纪大的人（六十五岁以上），更容易因休克而死亡，但并不是说这种情况不可能发生在年轻人身上。另外，冬季的冰冷马桶也是诱发休克的主要因素之一，就我所经手的事件现场来看，大多数人都没有使用马桶坐垫保暖垫。所以在模型屋里，我特意重现了尽管拥有加热坐垫功能的马桶，却拔掉插头不用的现场。

死于厕所的事例，被发现的时间通常较迟，平均是死后两三个月左右。那是因为，如果锁上了厕所门（不过独居者多半不会锁上厕所门），就等于完全是一个密闭的空间，就算谁察觉有异，从窗户窥看屋内也不会发现异状，顶多以为屋主长期外出不在家。

现实生活中，我所处理的厕所内孤独死现场，甚至有超过三个月才被发现的。

我们在打开某间出租公寓的大门后，发现屋主是独居的男性，屋内整理得干净清洁。若不是有异常的恶臭传出，恐怕真的难以发现。而且如此干净的房间，即使刻意从窗户窥看屋子内部，大多数人也会以为屋主是外出旅行去了。

死亡的现场，同样是没有使用马桶坐垫保暖垫，死者腿上的皮肤和肉已粘连在马桶坐垫上，推测他应该是在坐姿状态下死亡的。马桶里留有黑色的体液，其中也可看到固状物，分不

清楚究竟是肉体的一部分，还是排泄物。如果更晚一些发现，气味或体液就会从厕所门缝流泄到走廊了。

碰到这样的情况，死者家属在清理时，通常会遭受精神上与技术上的双重困境，最后不得不委托我们处理。我们的处理方式是先施以强效的消毒液再清理，有时甚至必须拆除并丢掉整个马桶。

浴室里的孤独死

家中的密室，不限于厕所。还有浴室。

从冰冷的更衣室进入盛满热水的浴缸，急速的温度变化也容易引发休克。许多事例中，死者是死于浴缸，包括溺水而亡的在内。

发生在浴缸内的死亡，比起发生在客厅等场所的死亡，遗

体更容易腐败。尤其是发生在具有加热保温功能的浴缸内的孤独死，那震撼的画面至今让我难忘。

此例中，委托人是死者的女儿，她打电话到母亲家好几次，却没有人接听。她因担心而前去探望，结果发现母亲死在浴室里。已经一周了。

尽管是严冬，遗体还是迅速腐烂，浴缸的水已变成褐色，遗体溶化得不见原貌。想必是浴缸的加热保温功能加速了腐烂。由于浴缸的温度设定在四十二度，一旦温度下降，便启动反复加热以确保恒温。没想到如此便利的设定，竟引发了那般的悲剧。

面对亲人过世已经很难受了，再目睹如此惨状，委托人总是悲痛不已。即使我已经历多次，至今仍然不知如何安慰活在悲痛中的死者家属。那些父母死于浴室的家属几乎都心怀罪恶感，经常听到他们后悔地说道："那时，如果我跟着进浴室就

好了……”

我所能做的就是用心整理现场的遗物（关于遗物的整理工作，下一章会详细说明）与清理。尽管死者的样貌让人见了于心不忍，但亲人健在时的模样肯定依然活在死者家属的心中。为了让家属得以回忆过往共度的快乐时光，我会尽可能找寻值得纪念的物品或照片等，然后亲手交给他们。另一方面，我试着通过模型屋来重现现场，希望以此作为提醒，以减少世上为此伤心遗憾的家属。同时，我也希望以重现在浴室休克死亡时可能留下什么样的死亡现场的方式，期望人们在了解现实状况后，能具备危机意识。

其实只要事先做好一些准备，就能防止休克。例如，将普通马桶换成有温热坐垫功能的马桶，或是套上坐垫保暖垫。又或者，在冰冷的走道、厕所或浴室的脱衣间放置小型取暖器，在进入浴缸前先淋浴，让身体温热起来。另外，避免将浴缸的水温设定在四十度以上，泡澡的时间也不宜过长，还有，尽可能避开剧烈的温差。只要做到这些，一定能大幅降低发生休克的风险。

在某个遗物整理委托工作的现场，发生了这样的事情。我原本只是按照委托内容去整理遗物，可是到了现场，才知道屋主是在浴室孤独死的。乍看之下，浴室确实清理得很干净，一问才知道，是死者的儿子，也就是委托人亲自清理的。面对亲人的骤逝，震惊之余，许多家属根本打不起精神来自行清理，然而这位委托人却坚持完成。就专业从业者的标准看来，或许做得不够彻底，不过已经堪称干净。我发现排水沟还堵塞着部分皮肤等，判断应该是死后将近一个星期才被发现。我想，家属亲自动手清理并不是件容易的事啊。

他一个人清理时，是怀着什么样的心情呢？

“因为在这个世上，只有母亲是理解我的人啊。”委托人的这句话，至今仍留存在我心中。

第四章

充满遗物的房间

我的工作，也包含了遗物整理。

遗物整理，如字面上意思所讲，就是依照委托人或死者家属的期待，整理或丢弃死者留下的物品。

也许会有人疑惑，这样的事情，家属自己不能处理吗？为什么要找别人帮忙呢？但事实上，有些情况并非死者家属所能处理的。

毕竟是充满回忆的物品，并非任何人都能下手丢弃。尤其是经历过贫穷年代的那批人，在面对那些具有纪念性的物品、或许有天可以留给谁的物品、以为总有一天派得上用场的物品时，更是难以清理处置。其中，又以书籍、玩偶或大量的棉被等，为最典型难以丢弃的物品。

许多人意识到父母年事渐高，就试着开始整理丢弃父母家中用不到的东西，父母却坚持还用得到，最后反而惹恼了父母，于是，就放手不管了。直到父母去世身为家属的子女面对父母留下的大量遗物，只能一筹莫展。若再加上是孤独死，屋子里充斥着强烈的臭味与大量的蝇虫，纵然有心整理遗物，但恐怕连进到屋子里都有困难。

又或者，终于准备整理了，但一看到遗物便想起死者，心中悲痛难耐，终究还是迟迟无法动手。就算是已经到了清理的阶段，为了配合丢垃圾的时间，有时甚至得耗费多日，这也让居住在较远处的亲人难以拨出空当。在我们处理的委托工作中，有些死者家属甚至为此耗费了两年的时间清理，最后仍举手投降。

基于种种理由难以整理的人，以及不愿再耽恋过往、希望往前迈进的家属，通常都会委托专业人士整理遗物。

在遗物整理的现场，最重要的，是贴近死者家属的心境。谨慎对待、处理每件遗物，一定是理所当然的，不过，从大量的丢弃物中找到死者不知藏至何处的贵重物品——存折或不动

SHARP

束之高阁的日本人偶、相簿。
每样物品都有着家人的珍贵回忆。

书架映照出那个人的人生。

总想着有一天孩子会带孙子回来，
所以才会准备这么多套的床铺棉被吧。

6
1
2 3 4 5 6 7 8
9 10 11 12 13 14 15
16 17 18 19 20 21 22
24 25 26 27 28 29

产买卖合同等——并亲手交给家属，也是重要的工作之一。如果不能做到这些，就称不上是真正专业的遗物整理。若只是单纯的清理丢弃，任谁都能胜任这份工作。

我在整理遗物时，常觉得死者的人生栩栩如生地展现在屋子里面。我从那些物品就能知道死者的兴趣、正在学习什么、爱好等，因此我也常常借此积极地与一同整理的家属攀谈、开启话题。毕竟，我与家属同在死者的屋内，也仅限于工作的此时此刻了。

结果，原本强忍着情绪静默工作的死者家属，总是忍不住望着遗物或照片，喃喃自语般地说起死者的往事。方才阴郁的神情逐渐有了光彩，直到整理结束，终于现出了轻松的模样。

“遗物太多了，真是不好意思！”

也有家属这样向我们道歉。不过，每个家庭的遗物多寡都不分上下，实在无须担忧，请安心委托专业人士协助吧。

为了让大家知道，不是只有你家如此，我制作了这个模型屋。

有历代祖先的遗照、奖状、束之高阁的日本人偶、孩子或孙子们回来时可能用到的各种棉被、书架上想着有一天还会再读的书籍，全都是舍不得丢弃的物品。

然后，我们慎重地将那些物品收拾打包。

但在与遗物相关的事件中，身为遗物整理从业者的我们，因为经常要处理孤独死的善后工作，不免会遭遇令人惊讶的场景。

不知大家想象中的孤独死现场是什么样的？也许，以“孤独”形容，在大家的想象里，便充斥着死寂的氛围。

然而，事实却恰恰相反。

也许有人觉得出乎意料，不过现场状况的确并不平静。因

为号称“死者的朋友”的人会不断冒出来。

在我与委托人一起整理遗物或进行特殊清扫时，那些人会不停地在屋前徘徊，窥探屋里的状况，有时甚至偷偷潜入屋内。那个“朋友”既不是来哀悼的，也不是来帮忙整理遗物的。

那他的目的是什么呢？

其实就是为了拿走可以卖钱的物品或自己想要用的东西。

我见过明显与死者不熟（也许仅有一面之缘而已）的“朋友”，有的甚至只是邻居或住在附近的人。

比如，有个委托的事主是一名七十多岁的孤独死男子，他有个三十多岁的男邻居。在我们清理期间，那名男子曾数次进入屋内，对我们说“这是他生前跟我的约定！”，然后冠冕堂皇地拿走了三十根昂贵的鱼竿。

究竟死者跟他有什么约定？他真的是死者的朋友吗？

已跟死者疏远的家属都不知道真相，更遑论我们了，况且，死者已经无法说话。

也有这样的委托情况。

年轻却孤独死的男性是动漫或人物模型等的爱好者，因此屋内留下了为数不少的动漫模型。

死者的父亲进到屋内，随即悲伤得泪流不止，必须躲到阳台拼命让心情平稳下来。

就在这时，门口出现了三名号称是“朋友”的男子。明明死者的亲人也没有对外发布任何死亡消息。

他们一副理所当然的模样进到屋里，在悲伤的家属面前喜不自胜地拿起遗物说：“太屌了！这可以卖个百万日圆！”

我提醒他们在家属面前注意自己的态度，但他们依然故我，嘻嘻闹闹后竟把那些动漫模型带走了。当然，死者的父亲并不认识那些“朋友”。那位悲伤的父亲只能眼睁睁看着他们夺去儿子最珍贵的遗物，却连阻止的力气都没有。

最后，那三名男子只拿走了可以卖钱的遗物，连一句与死者的回忆，乃至哀悼凭吊的话都没说。

令人惊讶的是，在我经手的孤独死现场中，有近八成的事例会出现那些所谓的“朋友”。有次拥进的是一群住在附近的中年妇女，她们唐突地询问清理中的我们：“怎么样?！发现宝物了吗?”或是：“这些家具可以拿走吗?”并随即挑选可用的带走。现场的死者家属尽管满腹狐疑，但在对方咄咄逼人的气势下，终究只能任其来去。又例如，有位死者生前以五日圆硬币做了装饰品，那些“朋友”觊觎那件遗物，就连说声“请送给我吧”也没有，转眼间，就将东西捧在怀里，家属惊讶之余，也只好拱手让给对方。

在茨城的某个善后工作现场，我曾遇到一个男性邻居说他自己家的榻榻米旧了，想换上死者屋里的榻榻米（但死者的住处是租的）。接着，又说房间里应该有十七万日圆，他想拿走，据他说，是死者生前告诉他的。

当然，我们不是委托人、死者家属、亲戚，怎能随便将东西交给对方。但是，为什么有人做得出这种事情呢？

我认为，做这份工作最难受的既不是污秽，也不是恶臭，更不是虫子。而是在窥见到人“另一张脸”的瞬间。

人一死，旁人看到的，就只剩留下的物品或金钱了吗？

如何让自己重要的物品或具有纪念价值的物品，在自身离世后不被陌生人夺走，或许是日后值得探讨的问题。

令人无法忘怀的遗物

我从事这份工作以来，记忆中的确有颇多印象深刻的遗物。其中特别难以忘怀的，是某位女士的手机。

警察处理孤独死的现场时，带走遗体的同时，通常会一并带走贵重物品与手机等物（我想主要原因是要确认死者身份，也或许是要代替因蝇虫或气味而无法进入屋内的家属找出并保管）。

但是，有一次，我进到受委托的房间里时，却发现现场还留有死者的手机。女主人似乎是在八张榻榻米大的客厅餐桌附近倒卧而死，体液渗透到地毯下的地板，留下人形的痕迹。遗留下来的手机，就放在手部的位置。不是智能手机，而是折叠式的旧款手机。也许是没电了，又或者是坏掉了，无论如何按压，手机都没有反应。上面也沾染了体液，想必死者在最后一刻仍紧握着它吧。或许她想打电话求救，也或许，她在意识渐渐模糊、即将离世的时刻，是希望能听见某个人的声音。

每当我如此想象，就更加难过了。

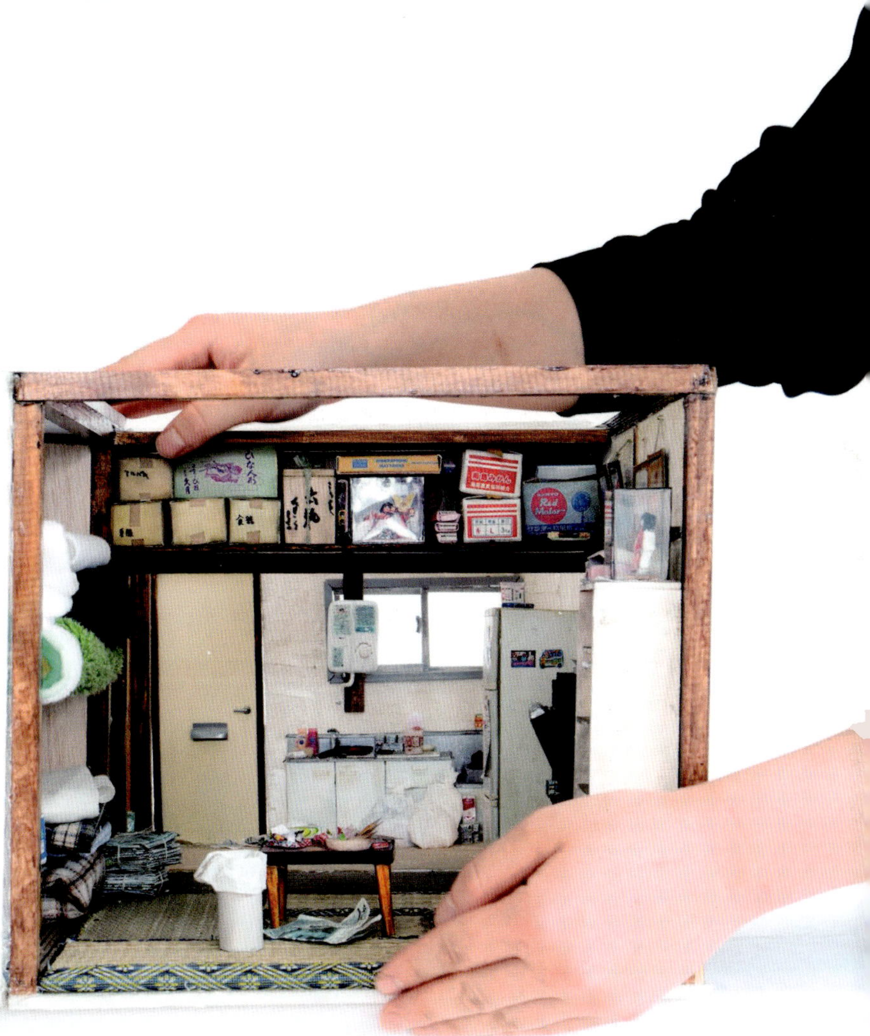

我经手过的事例中，也有人是握着电视遥控器离世的。或许，他们以为那是救命的稻草。

其实，从装饰房屋的小物件或者照片，就足以看出屋主生前的个性或人生际遇。

墙上挂着死者画的油画或水彩画、箱子里收藏着死者从旅行景点购回的纪念钥匙圈、桌上摆着些手工制作而富含意趣的陶艺品，或死者亲手以毛线或棉布精巧缝制的人偶等，不知为何，看着它们，我总觉得它们似乎也在努力守护着死者。

有些现场，照片摆在桌上，有的则贴满了一整面墙。那些照片中有家人，也有猫狗——有些并不是死者的宠物。毕竟有许多想养宠物的人因各种原因无法饲养，只能看着照片想象。还有些现场甚至连厕所墙壁都贴了照片，想必是那些照片疗愈了屋主。照片装饰的位置或方式因人而异，但不变的是，每位死者与家人或朋友合照时，都露出了灿烂的笑容。

看起来是那么幸福。

然而笑容的彼端，如今，照片里的人却孤独死在了空无一人的屋内，而且已然过了好几个月。

在这样的屋子里，那些照片显得无比突兀。

那样的“落差”——人生的“明暗”毫不掩饰地摆在眼前时，时常令我不知所措。

然而我想，或许，即使最终是孤独死，也并不意味着死者的人生就是不幸而孤独的，毕竟那张露出幸福笑容的照片已经说明了一切。因此，每每看到死者遗留在屋子里的小物或照片，明白死者至少曾经幸福快乐，我也就安心了。

那些正被你珍惜收藏的物品，或许有天也会如此诉说起你的人生故事吧。

第五章

留在墙壁上的“对不起”

其实，孤独死的死因中，自杀占了极高的比例。

《第四次孤独死现状报告》指出，“在死亡原因中，值得注意的是，自杀所占的比例较高，占孤独死死因的百分之十”。

在我经手的善后工作现场，自杀者又以年轻人居多。

本章模型屋的制作契机，是受了电视台的委托。节目制作人坚决地表示：“我们想遏止自杀。”节目的内容包括召集自杀未遂的年轻人举行座谈会，谈论他们企图自杀时如何被发现而挽救了生命，以及当初为何想死、现在的想法等，借此讨论关于自杀的议题。

节目中以模型屋为例，介绍了年轻人自杀的现场。由于案例中留在墙上的“对不起”令人印象深刻，与会者无不认为那是自杀者的SOS，也益发深切地感觉到每天交流沟通的重要性。如果不是该节目的邀约委托，我恐怕不会制作自杀者的模

人は死んだら
どうなるのか?
遺書

型屋。尽管在自己家里死去或死后多日才被发现，都被称为“孤独死”，然而猝死或病死的孤独死，明显与自杀死亡的意义是不同的。

就我个人的认知来说，我并不认为自己选择“死亡方式”有何错误。毕竟任何人都会面临“死亡”。

然而，还有一些事情是我们绝对不能忘记的。

在你选择死去的瞬间，也等于杀掉了那些对你重要的人的心。在这个世上，必定有个人是珍惜你的，即使你毫无自觉。

只要那个人还活着，他一定也希望你活下去。

尤其在自杀现场，在我听闻死者家属或朋友的话语后，这个想法愈加坚定。

不过，精神上屡遭挫折的人可能已经没有余力思考这些了。每当我环顾死者房间，都会感觉，自杀者应该是个个性认真的人。也许正是因为凡事认真以对，才无法逃避，可是过度认真，便把自己逼进了牛角尖。

我去到的善后工作现场，许多死者为了避免造成他人的困扰，即便要自杀，死前也会做好预防准备。有的会在地板上铺上塑料布，以防体液等污染地板；有的担心退租时屋子里东西太多，恐怕麻烦到他人，先行把自己的物品和家具清理干净。诸如此类。总之，他们是做足了准备。

然而，我在实际着手清理时，依然发现那些准备仍称不上万全。

其实，事前铺上的塑料布虽然可以防止体液等渗透，但随着腐烂的臭味蔓延或害虫滋生，最后终究还是可能衍生出一笔特殊清扫或整修的费用。或者，一旦房子被归为凶宅，房东或管理公司也会向死者家属索要改建等的高额赔偿金。而那些还仅限于现实层面可能导致的风险，更难以衡量预料的是，对死者家属或发现者所造成的悲痛与冲击。

▲ 冰箱上还贴着就业交流会的传单。

▶ 通往阁楼的楼梯上绑着一根绳子，楼梯下面还铺着一张蓝色的床单。

在我经手的某件委托工作中，委托人的儿子从乡下来到东京生活，最后在浴室烧炭自杀。在死者父母的陪同下，我们一起整理遗物。

死者的屋内整理得清洁整齐，也许是发现得早，并没有臭味或脏污。不过，现场既没留下遗书，也完全没有照片或纪念性的物品，仅仅留下了几件衣物、家电用品，以及也许是烧炭自杀时使用的煤等。

那天，看似刚结束葬礼，死者的双亲皆穿着丧服。他的父亲噙着泪，一一检视为数不多的遗物说："比父母亲还早死，这个没用的不孝子……这个笨蛋儿子！"他的母亲则因过于悲痛，瘫软在地，喃喃说着："不是为了追梦才到东京吗，为什么要寻死？难道我们真的一点都帮不了你吗？"

那个梦碎、绝望的儿子，也许从乡下来到东京后，在这个连熟人或朋友都没有的环境里，只能一个人独自奋斗。再加上

墙壁上写着“对不起”。

双亲如此支持自己，更不忍让双亲为自己担忧。不过也因此，此后余生，被留下的父母，都要悲痛随行。

就我经手的善后工作来说，自杀者以男性居多。

他们屋内的物品异常地少，且通常整理得干干净净。许多人在自杀前就已收拾处理掉身外之物，就连冰箱内也几乎不见食品，收拾到近乎净空。

书架上，多是与宗教相关、谈论死后世界或探讨生死的书籍。但似乎这也说明了，逝者直到最后一刻仍犹豫着是否要活下去。

某次，我见到屋内的墙壁上，以胶带贴着大大的“对不起”。

“比你先死，对不起。”

“让你悲伤，对不起。”

“给你带来麻烦，对不起。”

这一句“对不起”，想必是饱含了多种含义吧。

而死者家属，看到那句“对不起”，将是什么样的心情与感想呢？

我任职的公司，社长在年轻时曾经历女友自杀身亡的事件。当时，他多日联络不上女友，觉得不正常，不久就接到女友去世的消息。

不过，女友的父母始终不愿透露实情，他只能从流言中得知她服下了大量药物自杀。但是，为什么死？死在哪里？真相无从得知。由于葬礼也是秘密举行的，社长甚至没见到女友最后一面。因此他始终难以接受女友已死的事实，总认为“她其实还活着”。毕竟，此前的时光，他们一直相安无事、相互陪伴，女友既没有流露过烦恼的模样，也不曾出现过奇怪的行为。正因如此，他更是无法相信。

社长在小学时也曾遭遇“死亡”，是与他感情很好的邻居婆婆，因孤独死而被人发现。当时他也曾协助清理现场。这样的经历，再加上女友的死亡，让他产生了希望自己能陪伴、照顾到死者家属的心情，于是成立了遗物整理公司。

我们接到的委托中，涉及自杀的，每年约六七十件。

这些多半由我与始终单身的社长共同处理，至于他在自杀的现场有何感受，直到现在，我都不敢过问。

第六章

被留下的宠物们

“请安乐死处理掉。”

听到突如其来的这句话，我忍不住全身僵硬，无法动弹。

由于主人孤独死，不得不由死者家属决定被遗留在屋内的宠物去留。然而，在类似的委托工作中，委托人既不愿为留下的动物寻找新主人，更不可能接手饲养，多半一开始就选择安乐死。

有些死者家属基于居住在不能饲养宠物的小区，或是讨厌动物，或是患有哮喘等疾病，或是不喜欢猫喜欢狗等诸如此类的种种理由，无法接手认养。就我的经验来说，喜欢狗的人更多一些，若遗留下来的是狗，大概率就会接手，但如果是猫就不一定了。小猫还好，一旦是成年猫，基本就无人问津了。

被遗留下来的宠物并不仅限于哺乳动物，也有鱼、两栖爬行类或稀有的生物。我甚至见过“龙鱼”。

龙鱼，原是栖息在南美或东南亚等地的大型鱼类，被众多爱好者作为观赏鱼饲养，价格从数万日圆到数千万日圆都有，算是高级的饲养鱼种。

像这类稀有生物或身价昂贵的生物，很快就能找到接手的认养人，最快甚至当场就会被带走。

另外，大致上，养了狗或猫最后还孤独死的人，总有饲养多只动物的倾向。一旦孤独死，大多数的屋子也会沦为垃圾屋。

模型屋所重现的这类孤独死现场，通常一边的地板堆满了宠物的尿粪，恶臭难闻，另一边的地板则散乱地遍布着残余的猫食等。

饲主死后，留下的食物饲料或饮水逐渐减少，若幸运的话，宠物还可以苟活，直到被人发现，但多数宠物已虚弱而死。在孤独死后数月仍没有被发现的现场，有时会看到床铺上除了饲主的遗体，还有气绝蜷曲的狗儿，所以等到轮到我进去清理时，尽管人的遗体已被警察等人移走，不见踪影，动物的尸体却还留在现场。

那期间，狗儿想必对着不再有动静的主人不断吠叫，表示口渴。最后狗儿躺在不再有回应的主人身旁，在离世的最后一刻，又想着什么呢?

至少，它们现在得以与最爱的主人在天国相见了。

以位于千叶的某个事件为例，善后工作现场是亮白色的优雅独栋二层楼。

五六十岁的屋主离婚后，一人独居，养了八只猫，结果孤独死离世。

在死者家属的委托下，我们进入屋子，里面到处是垃圾或猫的尿粪，也许一个人照顾八只猫并不容易吧。当时是七月盛

那些被留下来的猫，多半猫毛纠结而且瘦削。
我一靠近，几只猫立刻靠了过来，似乎很寂寞。

尽管多数饲主的家里会准备大型容器盛装饲料或水，
但此时几乎什么都不剩了。

屋主死在厨房的水槽前，地板上清楚地留下沾有体液的人形。
这些留下的人形痕迹，多半向着家门口的方向，
也许他们最后都是想求救的。

夏，屋内极度闷热，距离屋主死亡已经过了两三个月了。

饲主死后，遗留下来的猫咪们被迫待在门窗完全紧闭的屋内，既没有食物也没有水，就那样生活了两三个月。由于饥饿，它们终究啃食了躺卧在二楼的饲主的遗体，然而，到我进入现场时，仍然发现有几只猫咪已经死了。

存活下来的猫咪待在二楼的阳台，也许是比我们先进入屋里搬运遗体的警察顺手打开了阳台的窗户。不过他们并没有为猫留下饮水或食物，以为只要让它们自由，它们就一定会自行去觅食。但那些猫已经没有跳跃或逃生的力气，看起来都是一副随时就要饿死的模样。

委托人是死者的女儿与前妻，由于她们无法养猫，我只得先在屋内放置充足的饲料与饮水，然后代替家属寻找新饲主。

可是下次等我再度去到现场、准备把猫带走时，猫竟全部不见了。我慌张地询问委托人，对方回答："后来，我拿了网子，把它们抓去安乐死了。”

在那般残酷的环境下，好不容易活下来的猫儿们，最终，我还是无法为它们做任何事。那次，是我第一次处理遗留了宠物的孤独死现场。

之后，我经手的一个孤独死现场，位于东京市内的公寓大厦。当时夏季的酷热已过，屋子是给单身者居住的一房一卫浴套房。

我进到屋内，发现共有五只猫。

猫爸爸、三花的猫妈妈以及三个它们的孩子。说是小猫，其实体形已大，看来已有两三岁。

饲主是二十多岁的男性，据说是急性酒精中毒死亡。由于没去上班，公司联络了家人，死后三天左右才被发现。

据家属说，死者起初在收容所认养了一只三花猫，因为觉得它会寂寞，所以又收养了另一只。但是没有绝育，结果生下了三只小猫，最后共养了五只。为了避免继续生，之后五只全做了绝育手术。

观察屋子里面时，随处可见屋主是多么在乎猫咪们。装饲料的器皿不是普通碗盘，而是带有高脚座，以便猫咪进食。也有自动喂食饲料机。生活的空间几乎大多挪用给猫咪，而不是以饲主为主。

那些猫咪久不见人，有几只显得胆怯，也有几只太过寂寞而靠过来撒娇。不过，一起在场清理的死者父母提议把五只猫带去安乐死。他们已经养了狗，无法再养这些猫，甚至一只也没有办法养。

我得到了家属的许可，决心这次一定要帮这些留下来的猫咪找到新饲主。我接收了死者留在屋内的猫咪外出袋，决定先把猫咪带到我们的公司。在此途中，也许猫咪们因为不知将被带到何处，拼命地喵喵叫。

抵达公司后，我立刻前往家居卖场，添购猫用床垫、便盆、饲料，毕竟在找到新饲主之前，得为它们整顿好可以生活的环境。喜欢动物的我，也为从明天上班开始有猫咪陪伴而兴奋不已，尽管并非永远，但至少在还没找到新饲主时，猫咪们都在公司。

首先，我怂恿了在老家、之前就想养猫的姊姊，结果她领养了猫爸爸，取名“雷欧”。还剩四只。

接着，我询问过的朋友来了电话，说他的同事可以养两只。我立刻准备了猫用便盆、猫用外出袋、之前接收的饲料等，一同带到新饲主家。他们认养了猫妈妈与一只小猫，取名小福与小来。希望一如其名，迎来幸福的生活。

还剩两只。

明明知道可能会遭到拒绝，我还是拜托了我认识的某位大叔，没想到大叔要了一只。想必那只猫咪现在正跟着温柔的大叔在乡下自由自在地巡逻田地吧。

还剩一只。

最后这只是像极了猫妈妈的三花美人猫。不过始终找不到人认养。

不能再那样下去了。

于是，我决定搬到可饲养宠物的房子。

尽管两个月前我才刚签了续租合同，付了费用，但生命是无价的。

当时我立刻动身前往房产中介，寻找能够负担得起且可饲养宠物的房子。后来终于找到合适的房子、签了约，接着就等着搬家。没想到就在那时，之前来电的那位朋友说，他那位同事的朋友也想养猫。那个人原本有只心爱的三花猫，两年前死了，因过度悲伤导致不想再养猫，但他听说了这件事，觉得是命运的安排。

最后的最后，猫咪终于找到新饲主。安心之余，我却感到落寞，想必这也是命运的安排吧。

结果，我就那样一个人，在“无宠”的状态下，住进了“可宠”的房子。每回工作现场出现被遗留下来的宠物时，我总不免思索。

尽管，饲主与宠物的生命不可能同时走到尽头，这是一定的，但如果希望自己最爱的宠物能幸福生活，或许也该把它们纳入自己的死后之事来考虑。

第七章

最后的栖身之所

屋内的装潢、陈设协调而统一，家具采用的是厚实的西式风格，橱柜里陈列着高级的酒或玻璃酒杯，墙壁上则挂着装裱的画作，没有任何地方散落放置多余的物品，整齐、简洁到仿佛缺少了生活感。

由此足以窥见屋主过着富裕的生活。然而，这并不代表就不会孤独死。

那是在东京从事政治工作的男性孤独死现场，位于高级公寓大厦里。像那样的建筑物多半采用具有隔音效果的气密门窗，属于高密闭式空间。同时，为了防止非住户进出，出入的大门具有自动上锁功能，就生活使用来说，肯定是相当舒适安全的环境。

但是，也因为居住设备如此完善，才让死亡发现得太迟。在连风都难以从缝隙侵入的密闭房屋内，即使死了几个月，尸臭也不会扩散出去，更难以察觉异状。这次的事主，到发现，

已是死后近一个月了。

委托人是与死者疏远多年的女儿与死者的弟弟。关于死者，他们皆不愿多谈，反而苛责道："他已经抛弃了家人，跟我们有什么关系，为何清理成了我们的责任？"我不了解详细情况，但推测死者生前，比起家庭，更在乎且优先选择的是他自己想做的事。

就在我着手整理遗物之际，从床铺旁的架子上找到一本干净且收纳得整整齐齐的家族相册。看起来死者生前非常珍惜。莫非死者曾后悔过自己的选择？

但是，当我把相簿交给他女儿时，对方仅仅回了一句："请丢掉吧。"

今年三月，我们接到在高原别墅孤独死的善后委托工作。

开了三小时车才到了委托的指定地，结果竟然位于连谷歌

重现坐在椅子上死亡的事件。我进入屋里的时候，遗体已经不在了，不过我心中不禁浮现死者在此度过的时光，以及最后的模样。

地车图都找不到的深山。

那座别墅里，自来水都是天然水。而且，为了防止非住户或非住宿者进出，大门有自动上锁功能，游泳池和温泉也很完善。

工作现场，虽然没有害虫骚动，但一进去，我就闻见一股恶臭，六十多岁的男性死在了日式的被炉里。

据说死了已经一两个月了。

发现者是别墅的管理员。由于出入的大门具有自动上锁功能，住户是什么时候外出，乃至于多久没有外出，管理员都能清楚知道。也因此，屋主多日都没有进出，终于让管理员察觉事态有异。

屋里相当朴实无华，仅仅放着最低限度的生活必需品。或许是嗜好吧，看起来似乎是一边玩着填字游戏，一边在享受生活。

也是同一个月发生的事。该起事件虽然不是孤独死，不可思议的是，竟然也是同一个高原的另一座别墅，委托的事项是整理遗物。所在地与前一起事件的现场相隔了车程只有十五分钟的距离，同样是地图里没有标示的深山。

那是两层楼式的独栋建筑，外观就像姆米绘本里的那种可爱造型房屋。附近很多别墅，而且大多是屋主闲暇休假时才来度假住宿的空房，堪称当地住家很少的静谧场所。

九十岁的死者，曾经坐拥着这样丰富的大自然，在庭院种植蔬果或栽种花草，甚至自己动手锯木打造了小仓库，看来颇享受老后生活。屋内还采用了东京少见的柴烧暖炉，燃烧时绽放着柴烧暖炉才有的温柔火焰。尽管已九十岁高龄，仍自己劈柴，过着自给自足的生活。

既然是在深山，也就没什么店家，当然了，连便利商店也

没有。

一路都是坡路，若没有车，想必凡事都不方便吧。万一身体不适，纵使叫来救护车，应该也难以立刻抵达援救。总之，屋主就是生活在那样的地方。

但是想想，我若上了年纪，退休了——或是，在人生旅途中遇到必须休息的时刻——也希望能在这么自然宁静的地方买间中古的便宜别墅，在庭院种花或种菜，不必迁就世事，只要悠闲度日。即使终究必须一个人独自面对死亡。

那里，就是这样的美好之地。

也许，死者也是抱着这样的心境，准备在那里迎接自己的死亡，以此作为最后的栖身之所。

死亡的瞬间，死者的脑海里浮现出什么呢？是想着这美好的人生吗？

为了让自己在死亡的瞬间不至于后悔，我希望不再把当下的今日视为理所当然，而是珍惜每个今日活下去。

死亡终将造访每一个人。

而且，人皆凡人，无法免于孤独死。这些事，我会铭刻在心。

写在最后

为什么选择了这种工作?

这是每个与我初次见面的人都会问的问题。特殊清扫的工作，由于必须接触遗体腐烂后留下的气味或痕迹，有时甚至有感染疾病的风险，所以对人的身体和精神都会构成极大的压力。事实上，多数同事是没待多久就离职的。若以离职比例来说，一百人中大约有九十九人。因此，我可以坚持下去，被大家认为不可思议，也是无可厚非的。

触发这件事的契机，是我父亲的突然去世。当时差点就酿成孤独死。

我读高中的某天，放学途中，接到姊姊打来的电话，告诉我父亲因中风被送到医院。我急忙赶到医院，看见了毫无意识地躺在病床上、口鼻插着无数导管的父亲，母亲与亲戚则围绕在他身边。

两个月前，父母亲才刚以离婚为前提分居了。据说那天，碰巧为了一件要事，母亲去了父亲的住处。才刚打开玄关的门，就看见父亲倒卧在走廊，母亲立刻叫了救护车。

在我们的呼唤下，明明毫无意识的父亲竟流下了眼泪。不久，就心肺功能停止了。原以为未来会依然如昔的父亲，竟然就这样突然死去。过去，我一直讨厌父亲，与父亲最后的回忆，是我为了保护母亲而与父亲争吵动手。尽管如此，父亲死时，我依然察觉到自己心中对父亲的尊敬、孺慕之情。如果在父亲生前能与他多沟通交谈，不避着他，结局肯定是不一样的吧。我的心中满是后悔。

父亲去世后多年，我也从学校毕业，去了邮局上班，当时从朋友那里得知还有遗物整理、特殊清扫这样的工作。由于我对此感兴趣，便上网搜寻研究，发现不少委托人留言表示，他们在委托专业人士整理遗物时，对方十分没有同理心，诸如工作时在屋子里留下擦撞痕迹，或在死者家属面前弄坏或丢摔遗物等。还有委托人被从业者煽动得焦躁不安，于是就被忽悠着支付了高额费用。

实在是令人气愤难耐啊。

既然如此，如果由我来进行遗物整理或特殊清扫，曾经历失去至亲痛苦的我，应该更能体会并贴近死者家属的心情吧？这样是否能稍稍减轻那些被留下的人的痛苦呢？同时，我也想协助死者。

对父亲的死所抱有的后悔之情，更加深了这个念头。

然而，这绝不是抱着轻率的态度就能展开的工作。持有这样的想法，大概过了两年时间，我确定自己的信念依然坚定。

然后，我在求职栏上看到一则遗物整理公司的工作说明。

“不仅是整理而已。”

说明中真诚地表达了对死者或家属的关怀，以及通过这份工作去理顺家属的心，让他们因悲痛而停滞的时间得以继续流转的理念，这是一份崇高的工作。

我想，如果可以到这家公司工作，我应该可以实现我的想法吧。

我决定去应聘，当然我的家人并不支持。如我所料，母亲坚决反对：“一看就是很辛苦的工作，为什么要去做呢？”“你可以有很多选择，为什么一定要做这个？”

我说出了我的想法。我认为，这恐怕是我才能够胜任的工作，毕竟父亲如果再晚些发现就是孤独死了。为了突然死去的死者，也为了不知该如何清理屋内、烦恼到无法入睡的家属，这是一份必要的工作。如果有人可以代为协助整理一切，家属就能静心哀悼死者的逝去。

母亲静默了片刻，露出有些无奈的神情说：“既然这样，你就去做吧。”

就这样，我进入现在的遗物整理公司，开始了这份工作。

本书写作期间，日本的责任编辑表示希望一同前往孤独死的现场。那次是浴室里的孤独死。由于是死于浴缸外，而且三天后就被发现，所以遗体渗出的体液量少，也没有害虫或异味。因此，编辑以为我们那天的工作就是浴室的特殊清扫与遗物整理而已，结果没想到我们竟然又清洗了空调、擦拭了厨房，并拆下所有的玻璃窗彻底清洗。编辑见状相当惊讶。

等到所有的工作完成后，我们便一如惯例，在玄关点上线香、献上祭祀的花束。不过，因为不能在屋内留下任何物品，我们随后又将花束撤去。为此，编辑忍不住询问我们仅仅为了五分钟的祭祀，却耗费二十分钟奔走买花的理由。

“事实上，委托人没在场看着，也没有人要求你们做到那个地步啊。”

的确如此。我们做到“那个地步”，是为了给死者最后习以为常的房间“做个告别”，同时也给失去亲人的遗属们悲痛的心情“画个句号”。

死者犹如我的家人，怀着这样的心情，我做着这份工作。而对房屋的彻底清扫，则是我对他们的悼念。

希望逝者安心踏上彼岸旅程。

我会一直怀着这样一份心情，不会改变。